절벽수도원

시작시인선 0218 절벽수도원

1판 1쇄 펴낸날 2016년 10월 4일
지은이 김윤선
펴낸이 이재무
책임편집 김연필
디자인 이영은
펴낸곳 (주)천년의시작
등록번호 제301-2012-033호
등록일자 2006년 1월 10일
주소 (04618) 서울시 중구 동호로27길 30, 413호(묵정동, 대학문화원)
전화 02-723-8668
팩스 02-723-8630
홈페이지 www.poempoem.com
이메일 poemsijak@hanmail.net

ⓒ김윤선, 2016, printed in Seoul, Korea

ISBN 978-89-6021-293-0 04810
     978-89-6021-069-1 04810(세트)

값 9,000원

절벽수도원

김윤선

천년의 시작

메아리도 돌아오지 않을
버려진 숲에서, 오래오래
바라보고만 있던 아픈 아이를
이제 보내주려 한다
잘 가!

2016년 3월
김윤선

차례

제1부

샤우팅

절정을 살아본 적 있었니
라고, 내게 묻는데
때마침
눈부신 속도로
오이도행 전철이 들어오고 있었다

슬픈 영화를 보며
펑 펑 울다 나올 때
갑자기 환해지는 거리
사랑이 지난 후
그것처럼
말하는 대로, 말하지 않는 대로
될 수 있다곤 믿지 않았지
믿을 수 없었지*

절정의 순간에 불어오는
회오리바람
믿기 힘들 만큼 온 힘을 모아
입을 크게 벌려

샤우팅,
고요하고
아득한

● 이적&유재석의 노래「말하는 대로」에서 변주.

아픈 쪽

여자가 굳어가는 왼쪽의 힘을 모아
남자의 오른쪽을 밀며 간다
저, 큰 남자가
작은 여자에게 밀리지 않으려 애쓰는 동안도
통증은 자라

중심이 자꾸 한쪽으로 기우는 동안
중심을 놓친 병든 여자의 발음이
남자의 오른쪽 귀에 겨우 가닿는다
조용한 안간힘 속, 두 미소가
환했다

갈 수도, 돌아올 수도 없는 지금 같은 때
쓰러지지 않으려
아픈 왼쪽 손목의 힘으로
바닥을 짚고 일어선 적이 있다
빛이 스미는 오른쪽 창에 기대어 울어본 적이 있다

절벽수도원

비둘기가 날았다
날개를 접은 건지
낮고 위태로운 비행
그러다, 한 뼘 더
날아올라

공중에 점을 찍듯
멈칫
공원에서 가장 높은 곳을 보다
가 앉는다, 맹렬한 날갯짓
고요해졌다

절벽을 오르던
흰 옷의 수도사들처럼
흰 비둘기가 날아오른다
아득히 먼, 저 끝
희미하게 빛나는 눈동자 하나

내 귀에 도청장치

너는 누구고 어디서, 왜
대답할 틈도 주지 않은 채
내 귀에 도청장치,
나도 모르게 듣지 말아야 할 것까지 다 들려와
몰라도 좋을 당신 속이 환히 보이기 시작했다

붉은 시조새 하나
머릿속으로 들어와
굳은 좌뇌를 밀어내고
연한 우뇌를 파먹었다
슬픈 기억이 사라졌다

스무 살 푸른 내가 시베리아 횡단 열차를 몰고 왔다
열 살의 내가 보고 있는데 여섯 살의 내게
'타!' 라고 소리쳤다
장엄한 리듬 속
막 살구꽃이 피기 시작하는데, 세상에
황홀했다

고아 생각

밤 10시의 육교 위
꼬리에 꼬리를 물고 달리는 자동차 불빛들 보다가
시간의 꼬리에 꼬리를 물고 밀려온 지금, 이 순간
알 수 없는 슬픔에
목이 메어오는가

걸음을 멈추어 보이지 않는 별 사진을 찍고
운동화 끈을 고쳐 묶다가, 문득
살아있음이 서러워지는지
내 것이 아닌 듯
서둘러 물기를 훔치다

푸른 안개 스며든 절벽 끝
한 점 풍경으로 서서
수천 년 전에 피우지 못한
수련 씨앗이거나,
먼 별에서 홀로 내려온
맨발의 고아 같다는 생각을 하는 것이다

구석예찬

구석에 핀 민들레
모퉁이 구석 카페가 좋은
구석 지향형, 그러다 한 번쯤
중심이 되고 싶을 때, 아니
근처라도 되어보고 싶어
중심의 중심으로 들어가
구석을 찾는다

구석의 색채
구석의 향기
망설이고 상처받고
소심한 그늘 속
아늑해라 구석의 순간

마을버스를 타도 구석
별 다방에 가도 기둥 옆 외로운 자리
방 가운데 말고 방구석이지만, 굳이
들키고 싶지 않은
신념 하나쯤

너무 무겁거나

가볍지 않은

달의 뒤편처럼

은근히 아나키스트,

라벤더 향기 날리는 저녁 길 산책 같은

탭댄스를 잘 추는 법

발이 논다
앞, 뒤꿈치 따로 논다
땅을 치며 논다
애당초 이것의 기원은 추위를 견디는 법
아프리카를 거쳐 아메리카에 왔다
갑판을 두드려 주문을 걸고
언 발을 녹이고
바오밥 나무가 된다

발이 운다
들썩이며 흐느껴 운다
모두 웃는데 혼자 운다
너무 오래 참은 울음은 울음이 되지 못해
이것을 잘 추려면 잘 웃고, 잘 울 줄도 알아야 한다, 그
래서
괴물처럼 울지 않기로 했다
입을 가리고 웃지도 않기로 했다

발이 웃는다
터지는 웃음소리가 죽은 꽃을 깨우고

꽃들 웃음소리에 검은 뿌리가 살아

하쿠나 마타타[*],

감옥 문이 열린다

두드려라!

열릴 것이다

● Hakuna matata : 스와힐리어로 걱정하지 마, 잘 될 거야라는 뜻.

아야진[●]

수줍은 그 바닷가 마을에 이끌려 갔었네
저 홀로 붉어 깊어진 동백처럼
외로워라
한낮의 등대
사─라─지─네
은빛 파도 타고 오는
메아리

페르시안 블루
보헤미안 레드

머리 말고 가슴, 입보다 먼저
도착한 귓속 가득, 푸른 휘파람
나도 몰래
'아야 아야' 울다 찾아간
별의 해변에
떠돌이 영혼들 눈물 말라
반짝거리던

● 강원도 속초의 작은 바닷가 마을.

나만 울다

살아보려고
맨홀 뚜껑 옆
꽃대를 올렸던 노란 민들레
길바닥에 뿌리를 드러낸 채 웃고 있다

찍힌 뿌리가 아프지는 않은지
하찮은 꽃이었던 게 억울하진 않은지
눈부신 봄날, 한번
피워봤으니 그만이라고

냉이, 민들레, 이름 모를 잡초들
글썽이며
거칠게도 뽑히며
비바람 속에서도 웃는다

나만 자주 울었다

초록화성 브로콜리 공화국

페가수스 은하계에 초록화성

그 곳에도 국민이 있고 국회가 있고 대통령이 있지만

브로콜리 농사만 신경 쓰고 살아요

누가 대통령인지 국회의원인지 몰라도

모든 게 다 잘 돌아가죠

사자와 양들이 어울려 풀을 뜯고

아이가 독사의 굴에 손을 넣고 놀아요

거꾸로 흐르는 강물과, 빛을 잃어버린 별조차 쉽게 벗이 되는 곳

하루살이들 맘 놓고 일초를 영원처럼 살다 가는 브로콜리 공화국에

고기라는 말은 아예 없고요

우리는 브로콜리 농사만 잘 지으면 되는 거죠

축제일이 돌아와도

수많은 동물들이 살육되지 않아도 되는,

꽃과 풀 향기 진동하는

범우주적으로 사랑의 수치가 높은 영혼이 지도자가 되는 나라

슬픔이 밀려오면

마하데비* 여신의 품에 안겨 마음껏 울어도 되는 곳

어두울수록 환해지는

내 고향 사람들은 오직, 브로콜리 농사에만 관심이 많죠

● 마하데비Mahadevi: 인도 신화 속 '위대한 여신' 티베트 사자의 서에
나오는 '녹색의 여신'.

언어학 개론

발화되는 순간의 의미가 대상과 합쳐지는 순간이
언어라고 소쉬르˚는 말했다
랑그와 파롤의 관계,
사과는 사막이 아니므로 붉은 껍질 속 흰 몸
사막은 사과가 아니므로 모래바람 속이지만
사과도 사막이고 싶고
사막도 사과이고 싶고
사람도 사슴이 되고 싶을 때 있지
출근길 전동차 문을 박차고 나와
황홀한 그란트 가젤˚˚ 무리 속에 숨고 싶을 때가 있지,

공원 벤치도 사형실 전기의자이고 싶고
여자도 남자, 남자도 여자가
태양처럼
타오르고 싶을 때 있겠지, 창백한 달
무심한 어느 한순간, 별빛의 신호를 이해하게 되겠지
애틋한 지상의 관계들이
갈가리 눈부시게 찢어지고 싶은 날처럼
너이고 싶은 나
나이고 싶니? 너

랑그와 파롤의 아이러니

왜 이러니

- 스위스 언어학자로 제네바 출생.
- 그란트 가젤: 사막이나 초지, 아프리카 사바나 등지에 주로 분포.
  남서부나 중앙아시아, 인도에서도 서식. 톰슨가젤, 그란트 가젤
  grant's gazelle 등이 있다.

내 무릎의 역사

우연히 무릎을 안고 혀를 대 보았네 비릿한 해변의 바람
맛, 나도 모르게 태를 끊고 나오던 때로 돌아가 무릎 사이
얼굴을 묻었네 정수리에 불의 심장을 달고 달리던 프로메
테우스와 불온한 핏줄에 관해 당신께 묻는 대신, 강물의 무
릎에 기대 입술이 파래지도록 울고 싶었네, 아무르 강의 밤
산책길 아무르 아무르 갈대숲의 휘파람 소리

어떻게든 팔꿈치에 닿고 싶은 혀의 갈망은 해변의 사원,
종일 신전을 쓸며 루피를 벌던 인디오 여인의 앙상한 팔꿈
치를 불러왔네, 바나나 잎을 엮어 얹은 남루한 지붕 아래 형
형히 빛나던 걸인 사두의 검은 눈빛과 강가에 버리고 온 상
한 내 무릎 한 켤레, 지워져가는 한 세계 속 회색 코트, 보
랏빛 새가 물고 날아가버린 상한 탯줄과 푸른 달 속 사막을

무릎 없이 걷는 길에 대해 생각하고 또, 생각했네

비상구(EXIT)

뜨거운 심장이 걸려 있다 우심방 좌심실 더운 피가 돌던 붉은 마음이 깜빡깜빡 신호를 보내고 있다 저렇게 많은 이들이 지금 곧 이별하듯 제자리에 앉아 눈물을 쏟고 손을 흔들고 사랑을 하고, 증오의 칼날에 피를 묻히고 찬 빗속에 서성이는 까닭을 알 길 없다는 듯 영화보다 더 쓸쓸한 단역 배우들, 당신 왜 여기서 울고 있나요 어둠 속에서 눈짓한다

어쩌다가 나도 거기 있어 스크린 속 세상에 매달리고, 싸우고, 손목 긋다가 툭, 핏줄 대신 마음 끊어져 그만 부치지도 못할 편지를 쓴다. 우리 이제 그만해요 상처 따위 다 내게 버려요 할 수만 있다면 신선한 영혼과 맞바꿔드리죠 그토록 뻔한 어둠 속에서 벗어나 와 눈부신 허공 속으로 함께 사라져요, 흐느끼는 당신

두 시간 동안 영화 대신 비상구만 보고 온 날 세상에 나만큼 아픈 사람은 없어라 울며불며 보채다가도 때론 나보다 더 쓸쓸해 뵈는 그 누군가에게 온 마음으로 다가서고 싶은 그런 날이 있는 것이다 비상벨이 울리면 서로를 밀쳐내며 몰려 나갈 좁은 문, 단지 새빨간 네온의 사인을 보고도 슬며시 마음 열리는 믿지 못하게 순해지는 날이 있는 것이다

샤먼의 보라
—올훼에게

1

올훼, 할 수만 있다면 늙은 카론을 유혹해서라도 레테의 강을 건너고 싶었어요. 해가 뜨면 모르는 낯선 사내의 신부가 되는데, 당신은 멀리서 태연하기만 하네요. 별빛 쏟아지던 측백나무 숲 귓가에 속삭이던 달콤한 약속 거짓이었나요. 어느새 당신의 수금은 새로운 그녀를 위해 울고 있군요. 스물둘 꽃빛 목숨을 겨울 강물 속에 던질 때 연한 살 속으로 파고들 수천의 바늘들, 아 너무 무서워요 어쩔 수 없어요 당신, 분명 후회할 거예요 날 잡지 않은 걸, 모두 즐거운 축제 전야 나만 혼자 울고 있군요. 밤이 서둘러 외투를 걸치는 소리 푸른 레이스를 끌며 새벽이 오는 소리 퉁퉁 부은 내 얼굴을 쓰다듬으며 샤먼들이 소곤대요. 싱싱한 제물이라며 음흉하게 웃어요. 그럴 수만 있다면 면도칼로 불길한 미래를 스윽 베어내고 싶었어요. 한사코 부서지는 몸을 끝없이 세워야만 하는 기나긴 악몽 속에서 날마다 당신을 원망해요. 몰약 같은 강물을 마시고 싶었어요. 늙은 카론을 달래서라도 돌아가고 싶었어요 멀고 아득한 그 곳, 당신이라는 보라 속으로

2

　어제를 잊고 새로 뜬 해가 딩동 벨을 울리자 나는 정말 아무것도 모르는 얼굴로 그 사내의 팔짱을 끼고 가요. 반짝이는 가시로 짠 눈부신 드레스에 사람들은 환호하고, 속속들이 피가 맺히는 시간을 견디며 우아한 행진을 해요. 당신은 그때 먼 숲에 있었겠지요? 바람결에 내 흐느낌이 유령처럼 떠돌 때 당신의 수금은 어디에 있었나요. 그렇게도 열렬히 원하던 현의 떨림을 잠재운 채 당신은 어디 새로운 사랑을 찾아가고 있었나요. 할 수만 있다면 낯선 사내의 팔에 매달려 가는 팔목을 잘라내고 팔랑팔랑 춤추는 나비가 되고 싶었어요. 가장 행복한 신부의 얼굴로 미소 짓는 순간에도 당신만을 열망했어요 오직 내게만 냉혹한 당신 누구이기에, 당신만이 그리운가요 수천 개의 가시가 박혀 곪아터진 환부에 꽃이 피려는지 긁을수록 자꾸 가렵기만 해요 어느새 싱싱한 새살이 돋기를 기다리는 일, 그건 너무 이른 일이겠지요, 올훼

3

　사내의 턱에서 자란 수염이 끝없이 자라나고 있어요. 푸르고 빛나는 수염은 질기고 탐스러워 자르려 애쓸수록 더

욱 무성해지지요. 쑥쑥 푸른 수염은 푸른 감옥이 되고 감옥에서 태어난 사내와 나의 아기들이 죄 없는 눈으로 엄마, 엄마 할 때면 가슴의 통증이 절정으로 달렸죠. 이제 당신께 가고 싶지 않은데 당신의 수금소리 듣고 싶어요. 사랑하는 올훼, 나는 그때 검고 깊은 레테의 강을 건넜어야 했나요. 꿈틀거리는 푸른 수염은 너그러운 미소와 함께 내 목을 조이곤 해요. 그에게 길들여져 날마다 쏟아지는 채찍에도 생긋 웃으며 감사해요. 길을 잃어버린 강물도 바다에 닿을 수 있을까요? 단 한 번이라도 올훼, 당신의 수금소리 들을 수만 있다면 긴 수염에 목이 감겨 부러지더라도 바랄 게 없겠어요 사랑은 허공 위의 푸른 감옥, 오래오래 견디고도 날아가지 않는

갱년기

긴 여행에서 돌아온 흑인 올훼
눈 덮인 비탈에 서 있다
이 계절에 닿기까지, 쓸쓸했을
허공의 기록과
슬픔의 자세에 대해서는
입을 닫기로 하자

모두 변해가도
변하지 않는 것들
닿을 수 없는 거리에서
빛나는 별빛의 광휘
마지막 오로라 속으로 떠나는 여행자처럼
숨, 떨리는
순간도 있었을 것이다

푸른 핏줄 감추고 비스듬히, 기대선
마른 피부 아래 맥박이 뛸 때
수천의 흰 나비 떼 날아오른다
비릿한 향기를 뿜으며
순백의 눈꽃 피어나는

올훼, 당신의 나무 아래

다정한 타인

타인의 고통[●]을 빌리지 못하고
돌아오는 길
"배낭 지퍼가 열려 있네요"
"아 몰랐어요, 고맙습니다"
낯설고 순한 손길

기다려도
초록 불이 잘 들어오지 않더라도 너무
초조해하지는 말자고
초록별이니까, 멀리서 보면
그냥 초록 불덩어리일 테니까

사랑이니까
야만의 시대를 지나는 같은 별 소속이니까
쏟아질 듯 위태로운 속을 여며주고
다정히,
한마디를 남기고 가는 지구의 시민도 있는 것이다

● 수잔손택의 책 제목.

36

제2부

해피 뉴 이어

자이나교도는 1년에 하루 단식을 한다
그간 먹어치운 음식과
감정의 거품들
다 털어버린다

내장에 쌓인 사체의 고통을 지우고
누구의 상처를 덧나게 한 적 없는지
듣고, 왜곡하진 않았는지
입과 귀와 손을 씻어 말린다

베지테리언은 아니지만 고기를 끊고
브리셀리언*은 아니지만 최소한의 호흡으로
카르마의 사슬을 명상한다
버리고
다 듣고 나서야
새날 첫 햇빛을 공손히, 두 손으로 받아 마신다

● 브리셀리언breatharian: 호흡식가.

결심

카밀라 카스틸로스[*]는
스테이크 접시 바닥에 고인 핏물을 보고 고기를 끊기로
결심한다
살아 숨쉬고, 웃고, 걸을 수 있던 고기
이전의 숨결이 느껴져
혀의 습관을 바꾸고 싶었다는,

도축용 소는 살아 단 한 번의 외출이 허용된다
축사를 나와 첫 발을 딛을 때 두 눈 가득 들어오는 파란
하늘
발아래 느껴지는 관절의 생기를 느끼는 짧은 지금
당신이 주신 생명의 양식에
에이 원 소스를 뿌리는 무심한 식탁

진안에 사는 그는
뜨거운 냄비 안에서 눈 뜬 채 익어가는 새끼돼지를 보고
고기를 끊기로 결심한다
태중의 새끼돼지나 갓 태어난 새끼돼지가 재료라는
진안 명물 애저찜,
끓는 물속이 자궁 속이라도 되는 듯 웅크린 주검이 평

40

화롭다

　　누구나 카밀로 카스틸로스의 접시가 불편하진 않지만
　　누구나 접시에 고인 핏물 너머의 내력에 관해 짐작할 수
는 있다
　　강아지를 사랑은 하고
　　워낭소리에 감동하며, 큰 소를 먹고, 가죽을 입고
　　눈 뜬 채 회 떠지는 자연산 광어 앞에
　　입맛을 다시다, 누구나
　　자신도 모르게 결심할 수 있는 것이다

●　카밀라 카스틸로스: 고기 접시위에 고인 핏물을 보고 실제로 완전
　　채식인이 된 평범한 실존 인물.

환생소네트

당신은 참 맛나게도 나를 먹고 계시는군요
죽기 직전 흠씬 맞아 살은 연하고
다행히 물을 많이 처먹이지 않아 씹을수록 고소해지죠
당신은 이제 왼쪽 발목과 머리뼈를 우려낸 뽀얀 국물을
마십니다
시원해 시원해 호호 불며 마십니다
당신께 먹히기 오래전
나도 당신을 맛있게 뜯어 먹곤 했어요, 그뿐 아니라
뱃속에 든 새끼의 연한 가죽으로 만든 가방을 탐하였죠
당신의 껍질을 벗겨 내 껍질위에 두르고 다녔습니다
당신이여!
부디 이 몸 더 샅샅이 발라드소서
가책 따위 느끼지 말고 뼈 속까지 쪽쪽 빨아드소서
두 번 다시, 당신이 내가 되지 않기를
나 또한 당신이 되지 말기를
블랙홀의 우주를 돌고 돌다
혹시 마주치더라도, 그땐 절대 몰라볼 것이며
먹지도 먹히지도 말고
영원히 여기 오지 말자고
당신이 수저를 놓을 때까지 기도했습니다.

거머리들

미나리 녹즙을 마신다

나를 위해
부서진
녹색 투명한 육체들
습지 구석에서 자라난 연두 꽃다발
모르는 인간의 상한 몸을 위해
사라져갈,
초록 긴 머리칼의 키 큰 아가씨를
'꽃'이라 불러본다

하늘, 땅, 바람
산과 바다
지구를 먹어치우고도 모자란
대형 거머리가 되어
야무지게도
피를 빨아 먹는다
겨우
잎 뒤에 숨어 떨다 들킨
작은 거머리도 함께 갈아

기어이, 다 마시고야 만다

김해황소탈출작전

달리던 차에서 탈출한 소
시민들을 향해 돌진하려 했다
가스총 세 발로 진압했다고
성공했다고,
9시 메인뉴스에 나왔다

새끼는 송아지 요리로
어미는 육우 시장으로
가는 걸 알고도,
꿈쩍할 수 없었던 황소는
미쳐 날뛰었을 거다

말하고 싶었을 거다
살고 싶다고
못 듣고, 못 보겠지만
마지막으로 한 번, 간절하게
울부짖었을 거다

테러리즘

일단 사정거리에 들어온 이상
殺意를 멈출 수 없다
비장한 엑소더스Exodus
파르르 떠는 가늘고 긴 팔다리
펄럭이는 은빛 가운
수습할 틈도 없이
하필, 내 방 천장에 붙어 떨고 있는 하찮은 목숨

강력한 터보 한 방에
쉽게 무너지고 마는 가족
떨어진 새끼 거미 한 마리
영문도 모른 채 제자리를 맴돈다
아예, 작정을 하고 달려드는 테러 앞에
살아 있는 모든 것들은 '죄'가 된다

이름 모를 풀꽃도, 벌레도
주검 위에 쏟아지던
시리아의 시린 달빛마저도
차츰 꺼져가는 벌레 목숨
지긋이, 숨통을 눌러주는 순간

꾸역꾸역

핏빛 비명 피어난다

축제

아이가 발버둥치는 어린 날것을
초고추장에 찍어 먹는다
와사삭,
앙증맞은 머리부터 한입

리포터는 강의 숨구멍에 미끼를 내린
부자를 인터뷰 중
겨울이면 이게 최고라며
산천어 낚시 한창이다

너도 한 마리 나도 한 마리
피투성이로 도리질 치며
씹히면서도, 눈 맑은 목숨들
투명한 숨을 팔딱이며
주말 아침 시청률을 높인다

아베마리아

곱상하게 태어난 '병신 주제'란
얼마나 큰 축복인가
겨울 밤,
악취마저 얼어붙은 노숙의 몸을
더듬는 일은 또 어떤가

환청처럼 명동성당 미사 소리 들려올 때도
얼음 꽃은 핀다
그들이 빵과 우유를 내밀 때
차례를 기다리는 늙은 오빠가 슬퍼서
나는 울었다

신께서 인간의 욕망을 걷어가시기 전까지
굶어 죽지 않을, 은총의 밤
태연히 첫눈 내려 쌓인다

애리조나 카우보이

3번소가 날뛴다
8.2초간 소를 타던 기수가 떨어져
뒷발에 머리를 맞고도 달린다
날카로운 뿔에 받히면 끝장,
경기는 성공이다
떨어뜨리고 싶은 소의 본능과
떨어지고 싶지 않은 남자와의 한바탕
'중심'을 잘 잡는 쪽이 게임에 이긴다

중심은 빵이다, 질 좋은 연애다
변두리 술집 '애리조나 카우보이'도 장사가 돼야
중심으로 나가고
사람사이도 중심이 맞아야 오래 간다
중심은 해피엔딩의 잔혹극,
소리 신께 두 눈을 바친 후에 터져 나오는 명창名唱의 득
음을 보라
중심은 늙은 엄마의 18번
애리조나에 '애리조나 카우보이'는 없었다

중심을 놓칠 때마다 하늘을 본다

참았던 울음, 폭우로 쏟아져
슬픔도 모욕도 결국은
상처받은 영혼들끼리 어울려
'살아지는' 거다
블랙홀의 중심을 향해
사랑해, 사랑해 고백하며
'사라지는' 거다

조용한 박수

'임금님 귀는 당나귀 귀다', 차마
입에 담기 힘든 이보다 더한 참혹이
허공 숲에 떠돌 때
청각장애인들은
머리위로 두 손을 치켜 올린 채
갈대처럼 흔들렸네
일그러진 얼굴 속, 조용한 흐느낌

귀를 버려도 들려오는
극한의 진실은
심장을 열고서라도
들어야만 한다고,
숨죽여 발작하는 상처받은 영혼들
따라 당신도 울었네

론 강가의 아름드리 측백나무, 무심히 빛나던
수천의 어린 눈동자들
초록 물결로 흔들리고 있었네
쏟아지는 햇빛 속
신의 오케스트라

세상에 없을 고요한 연주

생떽쥐베리를 추억함

02시 30분의 하늘은 어떤 꿈속에 있을까
비행기 소리에 잠 깬 새벽 궁금했다
구름들 헤쳐 모여 하며 놀고 있을까
눈부신 떨림으로 달을 유혹하겠지, 달맞이꽃
여신의 뺨에 물드는 분홍처럼 여명이 번져올 때
막 울음을 터뜨리며 피어나는 장밋빛 행성
누구라도 그 순간 돌아오고 싶었을까
진저리치게 파란 하늘과 흰 사막의 국경을 향해
추억이 없는 나라를 떠나온 사내가 스며든다

신성한 항해*에 관한 슬픈 의심

나의 조상,

체로키 인디언들은 고향을 떠나 오클라호마 수용소로 가야만 했을 때

긴 죽음의 여로 속에서도 울지 않았답니다. 총검 든 노란 수염들이 말 위에서 지켜봐도, 꼿꼿이 걸어갈 뿐 그들이 내준 마차를 타지도, 겁내지도 않았답니다

칼바람 속 행렬을 따르는 빈 마차 소리, 하나 둘 육체를 벗어나는 영혼들

낭만적인 얼굴 흰 사람들은 '눈물의 길'이라 추억했지만, 조상들은 한 방울도 흘리지 않았답니다 눈물은 순결한 영혼, 영혼을 내보이는 건 체로키답지 않다고 머리에 총 맞고 죽은 추장아빠는 어젯밤 꿈속에도 다녀갔습니다

다섯 살, 얼어 죽은 딸을 눈 속에 묻으며 엄마가 그랬죠 뜨겁고 용맹스런 전사로 다시 오거라 천년도 채 못 돼 하필 겁 많고 의심 많은 벙어리 여인으로 태어나 노래하고 싶어 사랑받고 싶어 자주 울어요 내 꿈은 11월의 심장, 검은 숲을 떠도는 얼어붙은 메아리 그런데 아빠, 언제부터 거기 있던 거예요?

—우울한 표정의 인디언 사내가 베스트 바이Best Buy[**]
음반 코너 CD 속에서 나를 보고 있다 무언가를 견디고 있
는 듯한 낯익은 눈빛 카메라 앞에서 웃지 못하는 내 모습 같
아서, 아빠는 어쩌다가 모델이 되었을까 '버진 레코드 아메
리카'의 사진사가 셔터를 누를 때 혹시 총을 쏘는 줄 알았던
건 아닐까 두 번 죽은 우리 아빠, 그래요 나 사생아私生兒라
서 웃지 못해요

—하이, 실례합니다만 굿모닝 아메리카!
아메리칸들의 치즈 빛 미소에 미끄러지는 오후 귀 터지
게 북소리를 들으며 580프리웨이를 달린다 의심으로 닦여
진 문명의 도로 위, 의심할 줄 몰라 몰살당한 체로키 사람
들이 사이프러스 가로수 사이사이 손을 흔든다 풍요로운 카
타콤의 천국, 피의 항해는 아직 끝나지 않았다

● Virgin Records America사 음반 「SACRITT」(신성한 항해).
●● 베스트 바이: (미)대형 전자 마트.

구름을 사랑한 앨리의 노래

하이, 메리제인 캘리포니아의 태양은 너무 눈부시지 않아? 저기 햇빛의 갈빗대 사이 목화송이처럼 피어나는 구름 좀 봐 우리 처음 내리던 날 양떼구름 밭 같네. '너는 구름보다 사람을 사랑해서' 늘 문제라고 했었지 다 잊고 새롭게 시작하자고 우린 아직 쓸 만하니까. 자유와 평등의 나라에서 열심히 살아 그린카드 속 시민이 되자고 다짐했었지

아메리칸 드림을 꿈꾸던 그녀들 꽃답게 지다, 웃기지마 국제 성매매 잠입 완전 검거 기사로 나가기나 하겠지 대머리 변태 브라이언이 형사일 줄이야. 바다 건너 애인들은 잘 살고 있을까 무심한 저 구름 흘러가는 곳, 상관할게 뭐람 바로 지금이야 꽃들이 중얼거리며 구름 속으로 목을 꺾는다

장미 한 다발이 14.99불인데 그동안 왜 한 번도 사지 못했을까 가난뱅이 앨리. 채도 10퍼센트의 흐린 핑크가 너무 좋아 로즈가든을 만들고 싶어. 하얀 덧문 위에 장미 넝쿨을 올리고 담장 밑에 라벤더를 심고 싶어 아침저녁, 스프링클러가 무지개를 쏘아 올리겠지 굴참나무 벤치에 앉아 '로르카'를 읽고 싶었어. 제발 울지 마 앨리, 100년 동안 클럽 쇼를 한다 해도 우리 빚은 사라지지 않아

―황금빛 가을 숲 속, 고향의 단풍처럼 지고 싶었네. 펄
럭이는 깃발이고 싶었네 너를 위한 초록 드레스, 너를 위한
식탁, 네게만 열리는 허공이고 싶었네. 희미해져가는 동공
안으로 누가 들어오네. 랄라, 피가 빠져 나갈수록 나른하고
즐거워 알 수 없는 이 느낌

　오 이제 됐어 그만, 그만 춤추는 죽음의 황홀 견딜 수 없
어, 시들어가는 장미 꽃잎이 아까워 꽃잎을 뜯어 얼리던 메
리제인이 웃는다. 구름보다 사람을, 사람보다 구름을 사랑
한 앨리도 웃는다 면도칼 하나면 충분한 순간 냉동실 속 얼
어붙은 장미꽃잎들을 누가 처음 발견할 것인가? 물음표 하
나 찍을 순간의 남은 호흡이 눈부셔 터지는 폭죽처럼 여자
들이 웃는다

천국의 하이웨이

하이, 하이웨이
줄지어 선 카지노 광고탑을 지나
꿈 찾아 사막 끝까지 달려왔다

수천의 닭 모가지를 비틀던
어제의 나는, 지금
브래드 피트다 니콜라스 케이지다
화성 폭발의 굉음 속
타운 빌리지 잔디를 깎던 멕시칸은
사라져

타바스코 출신 아내가 졸리처럼
웃는다
다 알면서도, 아무것도 모르는 듯
태연히 떠오르는 대륙의 살찐 태양
피로 물든 작업복들아
안녕!

콧날이 우뚝 선 모카빛 얼굴
히스패닉의 사내가 방금, 스쳐갔다

천국행 라스베이거스 무한질주
잭팟을 터뜨리는 신기루 속으로
달린다,
황홀한 속도로

미스터 스피커

그때 그는 나를 놀리는 것 같았다
요요마의 첼로를 들어야겠어
들을 수 없다
펜트*의 중독성 슬픔을 듣고 싶어
팻 메스니**를
비틀즈를 들을 수 없다면 비틀비틀 밤거리를 쏘다닐 테야

Yesterday,
All my troubles seemed so far away
검은 성대를 타고 비틀즈가 흘러나올 때
푸르스름한 그의 턱은 너무 멋져
당신도 비틀즈 팬이었구나,
오래된 스피커에서 오래된 노래가 흘러나와
쓸쓸한 이방인의 가슴이 젖는다

내가 비틀즈를 좋아하듯이
그도 비틀즈를 좋아하는 삼각관계
통속 드라마 같은,

버려질 뻔 했던 스피커

아무리 차여도 침묵은 기본

모진 학대에도 변치 않던 순정파,

주인을 닮아 조금은 게으르고

혼자 놀기 좋아하던 스피커씨 아직 살아 있을까

여전히 비틀즈를 사랑하고 있을까?

- 켄트Kent: 스웨덴 출신 밴드.
- 팻 메스니: 미국 출신 'Pat Metheny Group' 리더, 재즈작곡가, 기타
  리스트.

신 조강지처 클럽

1986년에 어린 여자들에게 남자를 뺏기고
고진감래 끝에 성공한 조강지처클럽*
지구상에 유일무이한 일부일처제의 미덕이거나 부작용?
화내는 연기가 귀여운 배우 다이안 키튼 때문에 봤다

바람난 남편들을 혼내주고
소외층 여성들을 위한 재활센터를 세웠다는 헐리웃식 권
선징악
그 와중에 「The Rose」를 불렀던 베트 미들러의 남편은
새삼 가정의 소중함을 깨닫고 돌아왔다
서로의 처지가 바뀌었어도 가능했을까?

동명이인 「야채사」**의 김경미 시인은
'쉬잇, 나의 세컨드는'에서 조강지처와 세컨드랑 상관없이
인간소외의 본질을 노래했다고 본다
나는 훗날 「쉬잇, 나의 조강지처는」이란 패러디시를 써
볼까?

이제와 새삼 조강지처의 권리를 주장한다는 건
고진감래, 개과천선할 일도 아니지

조강지처 그만두고 16년 연하의 애쉬튼 커쳐와 사는 데미 무어를 왈가왈부하느니

'Human Quality' 지수를 높여주는 커피를 발명하고 싶다

사실 가끔 부럽기도 하다만, 유하시인감독 말대로 결혼은 과연 미친 짓인가?

이건 어디까지나, 고독한 항해의 한밤중에

배 머리를 어디로 돌리느냐에 관한 문제

구겨진 가족사도

블랙 코미디도

변태 파파라치의 카메라 옵스큐라도 아닌 것,

흰 등대가 있는 마다가스카르 항을 꿈꾸는 일보다 중요한 일이 아닌 것이다

- 조강지처 클럽(first wives club): 1986년 개봉된 미국 영화, 우리나라에 조강지처 클럽으로 번역됨.
- 그의 시 「야채사」를 좋아함.

별은 빛나건만

공짜표를 들고서야 토스카를 만나던 날
아직도 별은 빛난다며 꿈꾸던 사내는 죽어가는데
어쩐지 그 별이 빵이 될 수 없다는 슬픔에
몹시 배고플 뿐이었습니다
사나워진 바람,
허기진 하늘에 소보로빵 같은 별만 반짝입니다
힘껏 발돋움한 채 손 뻗어 빵을 따 봅니다
별을 씹을 때마다 흐느끼던 토스카가
팝콘처럼 터집니다
소록소록 소보로를 흘리며 별이 빛나는 밤
식은 빵들끼리 이마를 마주대고 우는 밤

제3부

발리에서 생길 일

쓰레기통에 시 70편을 버렸다
덴파사르 공항 근처 호텔 로비
발리어가 아니었으므로
놀라울 게 없었다
김윤선 시집 원고 땡 땡 외 69편

돌아오려면, 아 진정
돌아오기 싫었던
병든 스무 살을 버리듯
스토커에게서 풀려나듯
아슬아슬
후련하게

한치 앞을 모르고
Daryo*와 헤어질 때
명치끝이 아팠다
가루다 인도네시아 항공,
드라마처럼 비행기를 놓치고서야
당황하지도 않고

길을 잃고 나서야, 현명해진 집시 풍의 여자가
꽁꽁 싸매어둔 맨몸을 내 보이게 될
오래 간직해온 상처의 파피루스
다 버리게 될 줄도 모르고
천 년 같은 하루를 살다 온, 거기

● 인도네시아 여행지 우붓 발리에서 만난 현지인 친구.

어떤 자세

익었나 보려고 젓가락으로 찌른다
비명 한 번 지르지 않는다
가슴을 찌른다
방향을 바꿔, 머리도
한 번 더

S. N. S에 좋아요 물결
가볍고, 빠르고, 명랑하다
싫어요, 악성 댓글이 달리면
번개처럼 갚아주기
한 번 찌르면 두 번
두 번 찌르면, 세 번, 네 번

숙일수록, 깊을수록
밝히지만
속이 참 깊은 당신처럼, 사랑스런 고구마
착하고
뜨겁게
웃으며 먹힌다

환한 방

긴 복도,
좌심방 우심실 솟구치는 피의 방을 지나
입구도 출구도 얼어붙은 얼음의 방을 지나
한 줌 재로 남은 불타던 방,
밤새 각혈하는 기침의 방을 지나면
셀 수 없는 창을 흔들며 울음을 터뜨리는 방
오래전 방을 버리고 나간 방이 돌아오지 않을 때
그를 찾아 나선 또 다른 방이 길을 잃기도 합니다

해 지고 달이 뜨고 별이 쏟아지는 초원의 방
햇사과가 익어가는 방
꽃씨처럼 검은 눈의 아기들이 자라는 방
사막의 방,
낙타가 지나간 쪽에서 모래폭풍 휘몰아칩니다
약속하지 않아 약속을 어기지 않는 방
기대하지 않아 희망도 절망도 없는 방
꾸벅꾸벅 졸고 있는 빈 방을 지나

다시 환한 방
가도 가도 끝 보이지 않는 긴 복도의 방 한 칸인 지금이

고마워요, 찰칵

등불을 켭니다

무대

고작 10일간의 공연을 위해
7년을 기다렸냐고 쉬운 말 하지마세요
갈채 없이도 괜찮아요
일초를 살아도
하루를 영원처럼
작은 우주 속, 울창한 슬픔을
노래할 테니까요

가을은 우울보다 깊어질 테고, 아무도
내 부재를 눈치채지 못할 때
정말 그러시긴가요, 불평 대신
절정의 순간에 사라질래요
오랜 뒤척임 끝,
다가온 시 한 편으로도 행복해질
심야의 시인처럼

별이 빛나는 밤
장미를 놓아버린 어린왕자처럼,
막이 내리면 조용히 무대를 내려오겠죠
백 년 같은 열흘이 지난 후

세상의 모든 숲이 사라져가도
어둠속에서 또, 준비하겠죠
잊지 않겠죠
허공의 무대

백야

368일째 사막을 건너온 이들이 두 손을 꼭 잡은 채 성문
을 연다
새벽의 연옥을 헤매다 천국이 필요했을 때
문을 열면 또 다시 사막
지도도, 나침반도 없이 푹푹 발목을 빠트리며 걷기만 한다

약속이 없는 나라의 상점을 지나칠 때
쇼윈도 안에서 웃고 있던 얼굴 없는 마네킹
조로아스터교도들의 무덤, 녹아내리는 메론 맛 사탕만이
그들을 연민한다
지하계단을 오르고, 1층 복도를 지나, 발코니로 향한 창
을 끼고 돌아
궁정식당을 지나 2층 계단을 겨우 오르고 창고
정원을 지나고 무지개 분수를 지나
천개의 황금사자 문고리를 열었을 때도, 사막

이봐요, 오아시스 없는 사막에서 눈이 멀어간다는 걸 상
상이나 해봤겠어요?
너무 오래 빛나는 법을 알지 못한 별들이 투신할 곳을 찾
느라 분주한 신기루의 밤

문 앞에 그들이 서 있다
문 밖에 신발이 없다

무언가 無言歌

이해받고 싶어서
말을 많이 하고 돌아섰는데
쏟아낸 말보다 무거워지는 이 느낌 무언가
목이 짧아도, 슬픈 짐승 같은
그대에게
말의 위로는
약인가, 악인가
말을 해주오

참을 수 없어 누군가를 찌르고
그보다 날이 서 돌아오는
말의 부메랑, 결국은
사람의 일
꾸미고 보태고 플러그를 꼽았다 뺄 때
문득, 어깨위로
연분홍 꽃잎들

우연히 기대선 벚나무 아래
쓸모없을 문장을 받아 적는다
들어낼수록

소란한 인간의 슬픔과

간곡한 침묵의

말

말

말

천 일 동안

만만한 상대의 목을 조이던 손
남의 꿈을 가로채던 손, 모른 척
눈 뜬 숨통을 끊던 손
피 묻은 손들끼리 雪山에 들어
히말라야의 이마는 슬픔으로 빛난다

티티카카호수에 빠진 푸른 별을 건지는 손
햇살과 눈雪과 바람을 반죽해
차파티를 만드는 손
천 개의 눈동자 속에
천 개의 태양이 떠오를 때

최소한의 빵과, 최소한의 꿈
최소한의 상처와, 최소한의 빛남
그조차 느끼지 못할
최소한의 간절함으로
천 일을 살아봤으면,

천 개의 손을 가진 천수관음보살님이 살고 있는 그곳

만만滿滿하게

첫 눈에 반한 남자와
일주일 만에 사랑을 나눈 후
"내 첫 인상 어땠어"
만만해 보였다길래
헤어졌다는 그녀
만만한 사람 찾기 힘든 때에
칭찬 아닐까, 건네본 위로

여간내기가 아닌 이들에 밀린 여간내기들이
살기 만만치 않아
16세기에 잉카제국과 북미 인디오들이 사라졌고
만만한 소녀들의 거래 주기는 돌고 돌아, 때로
만만한 생명들은 물건보다 못하다

만만하다,
발밑에 밟히는 잡초 같은
의심 대신 믿음이 많아
눈 뜨고도 코 베일
바보천치 성자聖者들이 있기는 한지

滿滿한 밀밭 가꿔, 滿滿한 전병으로 끼니를 살고
바라만 보아도
滿滿한 미소가 번져 나오는
하루를 살아도
滿滿한 은하수별 함께 바라보다
바람 속에 사라져도 좋을
만만해서 아름다울, 꿈 같은 그대 지금 어디에

낙타해변

푸른 눈썹 휘날리며 낙타가 온다
안개 속 해변으로
하나 둘, 하나, 하나,
열다섯을 세는 순간
용솟음쳐 올랐다 내려와
일제히 수천의 무릎을 꺾는다

이 찰나의 소멸에 닿기 위해
무수히 지나쳤을 펠리컨의 주검
자바 섬의 분홍 코뿔소
거품 속 물방울 찬트Chant 앞에
흰 두루미도 묵언중이다

17마일 해안선*
태평양이 시작되는 곳,
수평선 너머 돌고래가 하늘을 날고
모래사장엔 강물 같은 은하수
도무지, 꿈 속 같은 곳
몸을 버린 낙타들이 파도로 밀려와
가장 낮은 자세로 사라지는 곳

● 캘리포니아 카멜시티, 태평양 연안의 해변도시 이름.

태연한 분홍

먹구름에 쫓겨 뒷걸음치던 소녀가
절벽 끝 꽃으로 피어났습니다
외로워서
춥고, 배고파서
그리워서
눈 딱 감고
검은 바다로 뛰어내리는데
수로부인이 간절히 기도하십니다

삼천육백오십만 번째
강물 위를 건너던 구름도, 그만
강물 속으로
부서지고 싶은 날
머리에 홍매화를 꽂은 슬픔이 강을 건너갑니다
새끼 밴 암소를 몰며, 태연히
백발의 노인도 지나가십니다

뛰어들고 싶어 몸살을 앓던 당신이 갔습니다

한여름 밤의 꿈

가슴을 풀어 헤친 미친 가로수들이
수천의 검은 새들을 품은 채 잠이 듭니다
탈옥한 맨발의 여자가
막차를 놓치고도 춤추는 광장,
흉흉한 소문처럼 붉은 안개 퍼져갑니다
버려진 차표를 질근질근 씹고 있는 시계탑은 해파리
해파리가 불고 있는 풍선껌 속으로
푸른 벨벳코트자락을 끌며 중세의 새벽이 오십니다
구르는 별들의 핏발선 눈동자를 밟으며
여자가 낮게 중얼거립니다
'소름끼치게 아름다운 밤이군'

도마

비린 것 훔쳐내고 버려진 휴지처럼
도미의 내장처럼
뜯겨졌다
손가락 잘린 자리
핏빛 장미가 피고
검은 숲의 종달새들
젖은 부리로 노래한다

아프다
아프다
가시를 삼키던 여인
웅크린 뼈마디를 열자 터져 나오는 바다
당신 얼굴도 모르는 채
빼곡히 차오르는
詩 또는, 詩적인

심장을 찌르고
한사코 병든 자궁을 벌린다
다시는 두 번 죽고 싶지 않다고
달빛 아래 푸른 신전으로 이끈다

둥글고 환한 제의의 도마 위로
자박자박 눈부신 아기들이 걸어 나온다

에피소드, 봄동

끝자락이 동그랗게 퍼지는 초록 드레스
여신은
부활을 꿈꾸며
독한 추위를 견뎌냈네

긴 겨울
변비에 걸렸던
초록의 여신

윤기 도는 붉은 밭에 앉아, 태연히도
봄똥을 누시네
갓 태어나 연 초록, 봄동 한 송이
모락모락 김이 오르네

시후西湖˙숲의 고양이

담장 위 잿빛 고양이
어둠 속 허공을 향해 챈팅을 했다, 아니
제 상처를 핥는다, 패이고
곪아 터질 때까지
집요한 혀,
밤새 시후(西湖, Xihu)˙의 대숲에는
춤추는 푸른 채찍
폭풍우 속에 울었다

무릎을 접어야 누울 수 있는
1인용 텐트 안에서
삼박 사일 파고드는 예리한 죽비
피하지 않았다
하필이면, 그때 그 순간
마주칠 걸 알았노라고
잿빛 나르시스의 눈 속에 노란 달
여행자의 슬픔은 눈부신 꽃이 되었다

● 타이베이, 시후 명상 아쉬람이 있는 지역의 지명 이름.

제4부

맨발의 이사도라

깃털보다 가벼워라 춤추는 영혼
내 속 깊은 곳, 타오르는
바람과 물과 흙의 정령
춤의 순간만을 기억하는 사람처럼
털끝 하나, 세포 하나 관절 마디마디
깨어나 춤을 추지

당신이 가꾼 남국의 정원에선
노란 망고가 익어가는데
참파카 흰 꽃잎이 사위어 지는데
손가락 하나 까딱할 수 없었던
어둠 속, 미라

반짝이는
슬픔의 옷을 입고
벽을 깨고 나와 춤을 춥니다
관을 차고 나와, 춤을 춥니다
향긋한 오렌지 나무가 무럭무럭 커가던
그 숲에 비는 내리고,

백석과 아버지와 나

끝이 보이지 않는 긴 붕대를 왼쪽 무릎에 감으며
피넛버터를 먹는 저녁

낡은 병정 구두를 끌고 백석이 오신다
다섯 살 때 떠나간 내 아버지란다
나를 원망했느냐
시를 쓰게 했느냐
그리웠느냐
높은 슬픔과 시름 속에서,

　당신은 피넛버터를 바르기에 좋은 식빵처럼 넓고 포근
해, 나는 그만
아버지 등에 피넛버터를 발라 먹는다
먹어도 먹어도 지워지지 않는 아버지
가정환경조사서에 써 넣던 없는 아버지
흑장미 선배의 뺨을 갈기게 했던
백석, 당신이 내 아버지란다

피넛버터에 덮인 아버지
피넛버터가 발라지는 아버지, 기다리는 아버지

94

이렇게 많은 백석들이 다 내 것이란다
다시는 떠나지 않을 거란다
피넛버터를 사랑은 하고*
아픈 왼쪽 무릎은 무사하고
눈이 푹 푹 나리는 밤 당나귀를 타고
아버지와 나 고향으로 가는 길이란다

● 백석의 시 「나와 나타샤와 흰 당나귀」 중에서 변주함.

한밤중의 결혼

여자는 얼 그레이를 마시다가
'지루해 못 견디겠어' 찻잔을 엎고
결혼을 결심했다, 이미
엎질러진 물이었다
사냥이 취미인 남자는 사슴이 잘 잡히지 않자
'비둘기를 쏴야겠어'
결혼을 결심한다
처음부터 잔혹극의 혐의가 짙었다
뿌리를 하늘로 향한 정원수들이 자라는 대저택에서의
첫 밤
신랑은 신부의 영혼을 제외한 모든 곳을 과녁삼아 쏜다
신부는 흐르는 피를 얼 그레이처럼 마신다
'지루하지 않아서 다행이야'
차를 잘 마시는 여자와
비둘기보다 사슴을 좋아하는 남자가 만나
천년만년 사냥터를 배회하는
행복은, 욕망 없는 자의 것

파더 콤플렉스 1
—풍경 소리

당신의 등에 업혀 산맥과 바다 먼 은하수까지 날아올랐던 아이는

여전히 당신을 '등'이라 부릅니다

당신의 글씨체도 얼굴도 모른 채 살아가다 어제는 꿈에 당신을 봤습니다

사라져가는 등,

가로막는 사람들 속 한 걸음에 달려갑니다 아, 아빠

차갑게 뿌리치십니다 어리고 아프지 않아서 이러시긴가요

당신 얼굴도 모른 채, 당신보다 늙은 저를 젊은 당신은 영 못 알아보시는 건가요

꿈이야, 어서 깨야지 하면서도 멀어지는 등을 쫓아

시린 맨발은 자두 빛, 주르륵 눈물 흘리다 깨어난 새벽

'찰, 찰, 찰' 파랑새 풍경 소리

풍경, 네가 불렀나요 깊은 바람 속을 날아서 '등'을 불러왔나요

당신의 음악도 회색 코트도 기억해낼 수 없는 저는 아직도

'등'에 매달립니다

당신 참 따뜻한 등의 사람이군요, 이런 투의 끌림에
매혹되며 여전히 등의 기억 속

당신은 진작에 모르는 영혼이었나요 낯선 남자의 낯익
은 등이었나요
하지만 이제 벗어날래요, 다시는
기다리거나 그리워하지 않을래요
아직은 모르겠노라 외면하던 당신
바람결에야 다녀가신 희미한 뿌리
찰나의 새벽 꿈속 맑은 기척으로 와
바라보던 당신
어리지도 아프지도 않은 지금, 고이 보내 드리렵니다
환하고 둥근 저 영원 속으로

언니네 이발관

면도거품을 손님 얼굴에 바르다
애인과 마시던 키위 주스가 떠올라
아이 셔, 질끈 눈 감아버린다
손님은 거품을 다 먹어도 허기진 얼굴

삶이 고되고 허기지더라도 슬퍼하거나 노하지 마라!*
마라!
마란 말이야
현기증 나는 요술경 간판
나폴레옹의 옥좌 같던 이발관 의자에 앉아
불량 소녀는 푸시킨의 시를 읽었다

타히티 섬 언니들도
달거리 두통에 시달렸을까
날라리는 날파리
날파리를 조심해라 애야
손님 머리나 잘 깎으시잖고 아버지도 참
난 애초에 상한 꽃인 걸요
키위 주스를 마신 후 연애는 꿉꿉하지 않아
무럭무럭 늙어가는 키위들의 도시

삶이 고되고 힘들지라도 슬퍼하거나 노하지
마라야 할 때
목덜미에 ,스윽
그만 죽다 살아나고 싶을 때
대를 이어 친절 봉사하는 언니네 이발관

● 러시아 시인 푸시킨의 잠언 시 변주함.

태풍의 알리바이

웅덩이 속 물방울일 때 어디로든 떠나고 싶었네. 구름이고 싶어 바람이고 싶어 물방울만은 아니고 싶어 날개이고 싶어 오, 구름 따라 대양을 떠돌던 물방울 하나 바람의 손 놓아버렸네 춤추는 너울 너머 외눈박이 고래의 뱃속에 빠졌네 영원히 살고 싶거나 죽고 싶었던 물방울 하나 버려진 폐선처럼 물거품 속에서 울었네 사랑은 교도관 없는 감옥, 불꽃의 심장이고 싶었네 헛되고 헛되어라 물방울 하나 슬픈 짐승처럼 울었네 더 깊이 더 독하게 부서지고 싶어. 취한 영혼을 끌어안고 암연 속에 빠져들었네 견딜 수 없었네 슬픔 속 인생은 아름다워, 쌓고, 부수고, 버리고, 버림받고, 사는 게 명치끝에 걸린 은빛 가시 같아서 해초들 흐느끼는 멍든 바다에 다시 태어나곤 했었네 하고 많은 은하의 별 중 하필 이 푸른 기슭에 내린 물방울 하나,

이상한 과일*

흐느끼는 나무
세찬 비바람 속,
꺾인 가지에 핏방울이 맺히네
여자가 뛰어내릴 때
두 팔 벌려 받아내던 나무의
목덜미에 붉은 꽃,
다친 이마를 맞댄 채 새파랗게 떨고 있네
피 멍든 팔, 다리 여기저기 흔들리네
주렁주렁
그녀가 저기 열렸네

● 빌리 홀리데이의 노래 제목 「Strange Fruit」.

피어라, 관계

갈래머리 복사꽃 소녀들이
서로의 뺨을 갈기며 노래를 한다
소녀의 터진 뺨에서 태어난 아기들이 쑥쑥 자라
자궁을 발목에 매단 소년들과 축구를 한다
자궁을 찢고 태어난 수염 흰 고래들이 쑥쑥 줄어
깨진 거울 속으로 들어간다
조각난 파편을 이어 붙이다가
오, 핏줄을 목에 걸어주다가
두 명의 프리다*가 서로에 빠져들다, 샴쌍둥이들 같으니
프리다가 디에고를 사랑했을까?
인정할 수 없다 비곗덩어리
서로의 심장에 핏줄을 꽂는다
프리다들이 웃는다 사랑은 없다

● 프리다 칼로의 그림 제목.

월간 도둑

보름달이 뜨고
둑이 터지면 눈빛부터 바뀐다, 도둑은 지금
황사주의보 내려진 정글을
누비는 중,
관절을 꺾으며 휘파람을 불며
숨은 야성을 찾아 달린다

세이렌의 목을 감던 오션 블루 머플러
타히티 섬의 산호 브로치
블랙 실크 란제리
C. C 티브이엔 반짝,
스쳐가는 황금빛 실루엣

도둑이 붉은 숲에 들어
몸보다 큰 잎사귀를 덮고 깊은 잠에 든다
세상 모든 여인들의 속에는, 영원히
길들여지지 않을 늑대가 산다
한 달에 한 번,
달빛에 홀린 파도가 춤추는 시간
비릿한 꽃향기 지천이다

데자뷰에 관한 두 가지 짧은 고백

그 숲 잊지 못해요
늙은 엄마는 돌아가자 잡아끌었지만 멈출 수 없었어요
당신의 깊은 숲은 녹색 벨벳에 덮여 잠들고
나 거기 하찮은 풀로 누워 직각으로 꽂히는 태양에, 반짝
눈이 멀어도 좋았지요

안개는 푸른 독처럼 스며
속눈썹에 닿던 날카로운 입술의 감촉
당신, 어느 시대를 날던 새였나요
죽어도 죽지 못하는 불새인가요, 당신
하필 내 상한 눈에 내리셨나요
헌데 눈꺼풀이 영혼의 성감대란 걸 어찌 알았나요

부서져가는 소금창고
달빛을 받아 적던 말랑거리는 악보
화살처럼 튕겨 오르는 노란 음표를 피해
나는 걷는다
바보, 당신은 바보처럼 수렁에 빠질까 봐
자꾸만 어린 발목을 잘랐죠
글썽이는 불빛 따라 오르던 아현동 산 1의 535번지

산동네서 크고 늙어 이미 죽었죠

휘적대는 내 그림자 뒤로
은빛 갈대들 휘파람 소리
텅 빈 소금창고 적막한 홈 스윗 홈
세상 모든 저녁의 등만 보면
아빠, 한 번만 업어주세요
매달리고 싶어 가까스로 참는 걸 당신 모르셨지요?

통조림

한 이십 년쯤만 얼었다 나오면 안 될까
지금 이대로
페르시안 블루 드레스에 검은 롱부츠, 히아신스 꽃 목걸이
애인과 통화하다가
재스민 차를 마시다가
느닷없이 얼어붙고 싶어
어린 아들이 자라 다정한 아빠가 되어 있겠지
그의 아기가 젊은 내게
할머니! 하고 부르겠지
엄마는 그때까지 살아계실까
바람 불고 넝쿨장미 지고 피고
아, 지구별 사람들이 더 이상
동물을 먹지 않았으면 좋겠어
문 닫는 순간 얼어붙는 초강력 냉동실
지하철 푸시맨을 불러줘
주저하는 날 좀 사정없이 밀어 넣어줘
삼나무 머리 위로 태양이 떠오를 이십 년 후 아침
아함! 기지개를 켜며 깨어나고 싶어
슬픔에 쉼표를 찍어준다면,
억겁을 이어진 푸른 별의 자전이

한 번쯤 슬며시 멎어준다면

파더 콤플렉스 2
—반성

25년 전 '선물의 집'에서 초록 지붕위에 하얀 스누피가 누
워 있는
　인형을 훔쳤다 그 해 여름이 가기 전 선물의 집에서
　스누피가 윙크하는 샤프펜슬을 슬쩍,
　당시엔 헬로키티보다 스누피가 강세였다
　27년 전 가을에도 학교 앞 '빙그레 집'에서 브라보콘을
훔쳤다
　겨울이 오기 전, 몇 개는 더 먹었을
　도벽의 사춘기

　셰익스피어와 마호메트를 닥치는 대로 먹고 약봉지를
씹으며
　수학의 정석 대신 청바지 단을 풀었다.
　30년 전 새 아버지의 가방에서 은전을 꺼내 썼다
　반성하지 않았다
　그런 날엔 위가 꼬일 때까지 불량친구들과 불량식품을
사먹었다
　엄마는 걱정도 없이 늙어가고, 예쁜 동생들이 태어났다
　기둥에 동생들을 묶어놓고 쏘다녔다
　남북으로 다니며 저런 계집애는 처음이야, 그럼에도 불

구하고

뒤통수에 대고 욕하는 법을 배우진 않아서
천하무적 의리의 흑장미 클럽에 들어갔다
당시엔 버린 여자애들이 뭉치면 화성침공도 할 것 같았다
딱 한 번, 귀 밑 1센티 단발을 무시하고 귀 밑 5센티를
했다가
학생주임에게 끌려가 맞았다 '사랑의 매란다'
'무슨 일이 있어도 선생 따위 되지 말아야지' 결심했다

어쩌다보니 낯선 곳,
'이제부터 여기가 네 집이야' 라고 푸른 수염이 웃었다
따뜻한 감옥 안도 나쁘진 않았지만
그 버릇 버리지 못해
내 속에 스누피를 훔치던 도둑이 살고 있다
불 꺼진 창을 두드리며 목이 터져라 노래하던 맹인 고아
가 숨어 있다
당신의 심장을 도려내고 싶어 안달이 난, 푸른 칼이 들
어 있다

셀마* 이야기

해 뜨고 지는 걸
알지 못하네, 이제
새벽바람이 풀잎에 입 맞추러 불어오는 걸
달빛 아래 부서지는 물결의 시간,
낡은 기적소리를 마시며 춤에 취하네 광부들
욕망에 달뜬 기계들 틈틈이
서툰 손목을 먹고 싶어 하는데, 나는

푸른 칼날 위에서 춤을 춘다네
눈 먼 노래를 부르네, 죽어도 좋아
숨이 멎도록 춤 출 수만 있다면
희미해지는 빛에 기대어 총알을 채우네
이제 막 그의 심장을 겨누었네

모든 걸 보았으니 더 볼 것이 없네

엄마는 그럴 수밖에 없었네
셀마는 그럴 수밖에 없었네
무거운 피를 강물에 뿌려야만 한다네

모든 걸 보았으니 더 볼 것이 없네, 나는

환생

어떤 걸림이나 맺힘도 없이
새하얀 명주 한 필을 휘감는 느낌
긴 터널을 빠져나와
빛이 시작되는 곳에서 바꿔 쓰는 투명한 모자,
수천 년 전 긴 그림자가 기지개를 켜며 깨어난다
구름과 산맥과 태양 거침없이 넘나들지만
흔적조차 없다, 길 없는 길
대지에 금빛 햇살 뿌리며 아침을 열고
달빛에 취한 밤, 꽃을 찾아 경배한다
어쩌다 바다마저 울먹거릴 때
가장 낮은 자세로 다가가 품어주기도 하는
형체와 경계가 사라진 부드러운 허공
훅, 당신 눈 속의 티끌을 불다 본 어깨너머에
스쳐가는 아지랑이거나, 절벽 끝
흰 고양이 울음소리
아무 것도 아니면서 모든 것인 '나'라는 환상
돌산에 버려져 말라가는 뼈
질긴 내 살과 짓무른 내장으로 한결 윤기 흐르는 흑단빛
까마귀들 떠도는 거기,
바람으로 태어나는 여자가 있다

항복

나무의 스트레스는
화사한 꽃으로 피어나
초록 잎들에 기꺼이 자리를 내준다
뿌리, 저 먼 끝까지가 견딤인 채
바닥에 떨어져 밟히는
저항의 자세

밤의 둑길에 바람이 불어
지는 꽃도
피는 꽃처럼 아름답다고
상아빛 목련, 망설임 없이
달빛에
투신할 때

가지 않겠다, 버티던
황마리아 여사가
분홍 립스틱을 바르고
성 베드로의 집으로 들어가던 날,
그해 마지막
벚꽃 잎이 가장 우아한 자세로
햇빛 속에 글썽거릴 때

은근히 아나키스트

황정산(시인, 문학평론가)

시집 원고를 받아놓고도 참으로 오래 해설을 쓰지 못했다. 원고를 꺼내 읽기 시작한 때부터 해설을 시작해야지 마음을 먹는 데까지 꼬박 한 달이 걸리고 써야 할 제목을 정하고 다루어야 할 작품을 선정하는 데도 두 달이 걸렸다. 그리고 또 마냥 시간이 흘렀다. 해설을 쓰려고 책상에 앉으면 머릿속에 백지만 남아 있고 그 백지 위에 덩그러니 김윤선 시인의 시들만 적혀 있을 뿐이다. 시들을 풀어헤치고 그 헤쳐진 말들을 다른 언어들로 메울 엄두가 나지 않았다. 그런 식으로 또 많은 시간이 흘렀다. 지금 이 시간도 그런 시간의 연장이다. 과연 내가 이 시집의 시들을 설명할 수 있을까? 이런 의문 속에서 해설을 시작한다.

김윤선 시인의 시가 어려워서 그런 것은 결코 아니다. 아니면 쓸 말이 없을 정도로 시가 안 돼서 그런 것은 더더욱 아니다. 그의 시를 읽으면 해설을 거부하는 어떤 힘이 있다.

아니 힘이 아니라 스스로 힘을 빼서 읽는 사람으로 하여금 무력하게 만드는 기묘한 아우라를 가지고 있다. 해설을 오랫동안 쓰지 못하고 시간을 끈 것이 내 게으름 때문이 아니라 여기 실린 시들에 있다는 황당한 핑계를 대고 있지만 이는 또한 사실이다.

김윤선 시인의 시를 읽으면 동치미 국물만으로 맛을 낸 냉면이나 우유나 버터를 쓰지 않고 오직 밀가루와 소금만으로 맛을 낸 호밀빵을 생각하게 된다. 재료의 맛만으로도 깊이 있는 우아한 맛을 내는 이 음식들처럼 김윤선 시인의 시들은 아무런 고명도 양념도 없다. 세련되어 보이려는 포즈도 없고 내면의 복잡함을 가장하는 현란한 언어의 유희도 없다. 그래서 분석하고 설명하고 밝혀낼 것이 없다. 좋은데 무엇이 좋은지를 꼭 집어 설명할 수가 없다. 시인이 보이고자 하는 시적 이미지와 그것을 간결하게 표현하는 아주 단순한 언어, 하지만 그것을 통해 시인이 드러내는 시적 깊이는 예사롭지 않다. 사실 이렇게 말하는 것이 김윤선 시인의 시에 대한 가장 정확한 해설이다. 사실 이 이상 더 첨가할 말은 없다. 그래도 애써 그의 시적 세계에 다가가보자.

자이나교도는 1년에 하루 단식을 한다
그간 먹어치운 음식과
감정의 거품들
다 털어버린다

내장에 쌓인 사체의 고통을 지우고

누구의 상처를 덧나게 한 적 없는지

듣고, 왜곡하진 않았는지

입과 귀와 손을 씻어 말린다

베지테리언은 아니지만 고기를 끊고

브리셀리언은 아니지만 최소한의 호흡으로

카르마의 사슬을 명상한다

버리고

다 듣고 나서야

새날 첫 햇빛을 공손히, 두 손으로 받아 마신다

　　　　　　　　　　　　　　—「해피 뉴 이어」 전문

　　새해의 시작을 알리는 인사말처럼 이 시는 시인이 자신의
시적 세계의 시작을 알리는 작품이라 생각할 수 있다. 그것
은 "새날 첫 햇빛을" 마시는 시인 나름의 의례와 같은 것이다.
그것은 해라는 근원적인 에너지에 가닿는 일이다. 시인은 자
이나교도처럼 최소한의 호흡과 최소한의 음식으로 이 순수
한 에너지를 맞이한다. 인위적인 것을 배제하고 지나친 욕망
과 넘치는 에너지를 버리고 단지 하나의 생명체로 자신을 유
지하며 살아가는 것을 배우고자 한다. 시인이 시를 통해 얻
고 도달하려는 세계도 이와 다르지 않다고 여겨진다. 왜 이렇
게 최소한으로 살아야 할까? 그것은 가벼워지기 위해서이다.

비둘기가 날았다
날개를 접은 건지
낮고 위태로운 비행
그러다, 한 뼘 더
날아올라

공중에 점을 찍듯
멈칫
공원에서 가장 높은 곳을 보다
가 앉는다, 맹렬한 날갯짓
고요해졌다

절벽을 오르던
흰 옷의 수도사들처럼
흰 비둘기가 날아오른다
아득히 먼, 저 끝
희미하게 빛나는 눈동자 하나

―「절벽수도원」전문

    도심 공원의 비둘기들은 몸이 무겁다. 날기보다는 바닥을 뒤뚱거리며 땅에 떨어진 음식 부스러기들을 먹는다. 우리들의 삶도 이와 다르지 않을 것이다. 일상의 양식을 구하기 위해 저 높은 곳에 있는 이상을 잃어버리고 고통과 위험을 감내할 수 없어 편안한 안주를 택하고 있다. 하지만 시인은 그러한 삶으로부터 벗어나기를 소망한다. 날아올라 닿을 곳이 위험한 절벽이라 하더라고 "맹렬한 날갯짓"을 멈추고 싶지 않다. 절벽에 올라 오직 하늘만 바라보고 사는 수도사처럼 그는 가벼워진 몸으로 가파른 절벽의 위태로운 삶을 택하고자 한다. 왜 그래야 할까? 마지막 둘째 행에 그 답이 있다. "아득히 먼, 저 끝"이 있기 때문이다. 그것을 위해 "희미하게 빛나는 눈동자 하나"로 존재할 수만 있다면 시인은 지상의 모든 욕망을 다 포기할 수 있다고 말하고 싶은 것이다.

하지만 정말로 수도사가 되거나 도인이 되지 않는 한 그럴 수는 없는 일이다. 그럴 수 없는 이유로 시인은 이렇게 핑계를 대고 있다.

타인의 고통을 빌리지 못하고
돌아오는 길
"배낭 지퍼가 열려 있네요"
"아 몰랐어요, 감사합니다"
낯설고 순한 손길

기다려도
초록 불이 잘 들어오지 않더라도 너무
초조해하지는 말자고
초록별이니까, 멀리서 보면
빛나는 초록 불덩어리일 테니까

사람이니까

야만의 시대를 지나는 같은 별 소속이니까

쏟아질 듯 위태로운 속을 여며주고

다정히,

한마디를 남기고 가는 지구의 시민도 있는 것이다

―「다정한 타인」 전문

그 핑계는 바로 다정한 타인이 있기 때문이다. 이 타인의 다정함을 시인은 "낯설고 순한 손길"이라 표현하고 있다. 이 간결한 표현은 많은 것을 담고 있다. 사실 보통 사람들에게 낯선 것은 순할 수 없다. 낯선 것은 그 자체가 두려움을 포함하고 있기 때문이다. 이 두려움 때문에 사람들은 이민족을 박해하고, 나와 다른 소수자를 차별하고 때로 억압하고 죽이기까지 한다. 아직도 우리가 사는 세상은 이런 "야만의 시대를 지나"고 있다. 그럼에도 아니 어쩌면 바로 그렇기 때문에 시인은 그 타인의 존재를 순한 손길로 느끼고 싶어 한다. 그리고 그런 순한 손길이 존재하고 있다는 사실을 우리에게 힘주어 강조하고 있다. 절벽에 날아올라 절대적인 어떤 가치를 추구하는 가장 고매한 경지의 세계가 있지만 그렇지 못한 우리들에게 삶의 의미가 있다면 바로 이런 순한 타인들과의 관계맺음에 있다는 것이다.

그러나 이 관계맺음은 쉬운 일이 아니다. 모든 갈등은 이 관계맺음에서부터 발생한다. 관계맺음을 통해 자신의 욕망을 늘리고 그것의 충족 가능성을 넓히고자 할 때 관계는 무거워지고 그 관계맺음은 거래와 일이 되어 우리의 정신을 압박한다. 우리가 사는 일상이 버거워지고 견딜 수 없는 것은 이와 크게 무관하지 않다. 김윤선 시인은 이 관계맺음에서 가벼워지는 방법을 알고 있다. 그것은 만만해지는 것이다.

첫 눈에 반한 남자와
일주일 만에 사랑을 나눈 후
"내 첫 인상 어땠어"
만만해 보였다길래
헤어졌다는 그녀
만만한 사람 찾기 힘든 때에
칭찬 아닐까, 건네본 위로

여간내기가 아닌 이들에 밀린 여간내기들이
살기 만만치 않아
16세기에 잉카제국과 북미 인디오들이 사라졌고
만만한 소녀들의 거래 주기는 돌고 돌아, 때로
만만한 생명들은 물건보다 못하다

만만하다,
발밑에 밟히는 잡초 같은
의심 대신 믿음이 많아
눈 뜨고도 코 베일

바보천치 성자聖者들이 있기는 한지

滿滿한 밀밭 가꿔, 滿滿한 전병으로 끼니를 살고

바라만 보아도

滿滿한 미소가 번져 나오는

하루를 살아도,

滿滿한 은하수별 함께 바라보다

바람 속에 사라져도 좋을

만만해서 아름다울, 꿈 같은 그대 지금 어디에

—「만만滿滿하게」 전문

'만만하다'는 우리말을 '滿滿'이라는 한자어로 바꾸어 동음이의어의 묘미를 잘 살리고 있다. 상대가 만만해 보일 때 우리는 상대와 가장 편한 소통을 할 수 있다. 하지만 우리는 상대에게 만만하게 보이고 싶어 하지 않는다. 이렇게 봤을 때 우리 모두는 소통을 원한다고 하지만 소통보다는 자신의 존재를 드러내고자 하고 자신의 욕망을 상대에게 강요하는 것을 택하고 살고 있다고 할 수 있다. 내가 나를 버리고 만만한 사람이 될 때 세상도 나도 모두 꽉 찬 충족감을 느끼게 할 수 있다는 깨달음을 시인은 우리에게 보여주고 있다. 바로 만만한 것이 滿滿한 세상을 만든다.

그런데 세상에 만만한 것은 별로 없다. 내 이웃도 내가 해야 할 일도 그 일 속에서 만나는 동료들도 그리고 이 모든 것들이 어울려 함께 사는 우리의 세상도 절대로 만만하지 않다. 그래서 사람들은 모두 소리를 지르며 살아야 한다.

절정을 살아본 적 있었니
라고, 내게 묻는데
때마침
눈부신 속도로
오이도행 전철이 들어오고 있었다

슬픈 영화를 보며
펑 펑 울다 나올 때
갑자기 환해지는 거리
사랑이 지난 후
그것처럼
말하는 대로, 말하지 않는 대로
될 수 있다곤 믿지 않았지
믿을 수 없었지

절정의 순간에 불어오는
회오리바람
믿기 힘들 만큼 온 힘을 모아
입을 크게 벌려

샤우팅,
고요하고

아득한

　　　　　　　　　　—「샤우팅」 전문

　시인은 전철이 달려오는 속도와 그 속도가 만들어내는 소리의 위압감에서 우리의 삶의 한 모습을 본다. 하지만 그 위압감에서 그는 한 절정의 순간을 경험한다. 아니 경험했다고 시인은 애써 믿는다. 왜냐하면 우리에게 절정의 순간은 사실 없기 때문이다. 사람들은 이 절정을 가장하기 위해 거친 소음이 되고 스스로 폭력이 되고자 한다. 시인도 이런 폭력적인 소음 속에서 자신을 확인한다. 하지만 김윤선 시인은 그것은 "고요하고 아득한" 것으로 바꾸어 내지른다. 사실 내지른다는 말은 어울리지 않는다. 시인은 그것을 내적인 외침으로 바꾸어 자신의 내면 깊이에서 샤우팅을 하는 것이다. 소음으로 상징되는 폭력을 그윽한 내면의 외침으로 바꾸고자 하는 시인의 이런 노력은 그 어떤 평화주의보다도 더 비폭력적인 것이다.

　김윤선 시인의 비폭력 생명존중 의식은 다음 시에서 좀 더 명확한 의미를 획득한다.

　　발화되는 순간의 의미가 대상과 합쳐지는 순간이
　　언어라고 소쉬르는 말했다
　　랑그와 파롤의 관계,
　　사과는 사막이 아니므로 붉은 껍질 속 흰 몸
　　사막은 사과가 아니므로 모래바람 속이지만

사과도 사막이고 싶고

사막도 사과이고 싶고

사람도 사슴이 되고 싶을 때 있지

출근길 전동차 문을 박차고 나와

황홀한 그란트 가젤 무리 속에 숨고 싶을 때가 있지,

공원 벤치도 사형실 전기의자이고 싶고

여자도 남자, 남자도 여자가

태양처럼

타오르고 싶을 때 있겠지, 창백한 달

무심한 어느 한순간, 별빛의 신호를 이해하게 되겠지

애틋한 지상의 관계들이

갈가리 눈부시게 찢어지고 싶은 날처럼

너이고 싶은 나

나이고 싶니? 너

랑그와 파롤의 아이러니

왜이러니

—「언어학 개론」 전문

생명에 폭력이 가해지는 것은 우리의 생명과 다른 생명, 생명과 생명 아닌 것을 가르기 때문이다. 시인은 그것들이 갈라질 수 없음을 우리에게 말해주고 있다. 사막이 사과이고 사람이 사슴이다. 그것은 실제로도 그럴 수 있을 뿐만 아니라 소쉬르 언어학에서 볼 수 있듯이 단지 랑그와 파롤의 관계에서만 잠시 갈라질 뿐 사실은 모두 한 몸이기도 하다. 너와 나의 구분이라든가 생명과 다른 생명의 구분은 애초에 없는 것이고 오직 한 순간 랑그의 개념 속에서만 일어나는 것이고 파롤의 물리적 표현에서만 가능한 것이다. 언어가 구별을 만들고 다시 언어가 그 구별을 지우고자 한다. 그것이 바로 언어의 아이러니이다. 시인은 바로 이 언어의 비밀을 깨달은 자이다. 그러므로 그는 타자와 나를 편가르는 폭력을 행사할 수 없고 다른 생명을 해할 수 없다. 김윤선 시인이 시쓰기를 통해 언어를 탐구하는 것은 바로 이러한 경지로 나아가는 수도의 과정이다. 그러한 과정에서 시인은 중심에 서서 세상을 바라보고자 하는 지배적 사고를 부정하는 소수자의 길을 선택한다.

구석에 핀 민들레
모퉁이 구석 카페가 좋은
구석 지향형, 그러다 한 번쯤
중심이 되고 싶을 때, 아니
근처라도 되어보고 싶어
중심의 중심으로 들어가
구석을 찾는다

구석의 색채
구석의 향기
망설이고 상처받고

소심한 그늘 속

아늑해라 구석의 순간

마을버스를 타도 구석

별 다방에 가도 기둥 옆 외로운 자리

방 가운데 말고 방구석이지만, 굳이

들키고 싶지 않은

신념 하나쯤

너무 무겁거나

가볍지 않은

달의 뒤편처럼

은근히 아나키스트,

라벤더 향기 날리는 저녁 길 산책 같은

—「구석예찬」 전문

　"중심의 중심"으로 들어가기 위해 구석을 찾는다는 것은
참 아이러니한 발상이다. 진정한 중심은 현실의 중심에 있
는 것이 아니라 그 구석 즉 소수의 자리에 놓여 있다는 것
이다. 그것은 아늑한 도피의 공간이기도 하지만 세상의 중
심에서 벗어나 새 세상을 바라볼 수 있는 대안의 길이기도
하다. 그것은 지배적인 모든 사고에 대한 은근한 저항의 길
이다. 그런 점에서 김윤선 시인은 아나키스트이다. 하지만
세상의 모든 가치를 목소리 높여 부정하고 모든 제도와 권

력을 부수고자 하는 파괴적인 아나키스트가 아니다. 그는
구석에 스며들어 세상의 전복을 꿈꾸는 은근히 아나키스트
인 시인이다.

글의 서두에서도 이미 말했지만 김윤선 시인의 시는 해
설을 필요로 하지 않는 시이다. 아니 해설을 거부하는 시라
는 말이 더 진실에 가깝다. 그러므로, 여기까지 읽은 독자
들에게는 참으로 미안한 말이지만, 김윤선 시인의 시에 대
한 이 해설은 불필요한 것일지 모른다. 사실은 이 해설에서
말한 것들의 밖에 김윤선 시인의 시들의 본질이 놓여 있다.
설명으로 훼손되는 말의 형상, 다른 '말'을 필요로 하지 않
는 하나의 '말'의 세계 그것이 바로 이 시집이 이루어낸 시
적 성취이다.